扫写天下

握笔铺云若扫天,得失已在力行间。

锋开大漠方出道,势引乌龙不复渊。

万古豪踱通运气,一时任闯荡平川。

形堪再造才收意,迅止惊雷待墨干。

恍若前尘

HUANG RUO QIAN CHEN

王 蒙……著

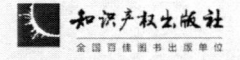

知识产权出版社
全国百佳图书出版单位

图书在版编目（CIP）数据

恍若前尘 / 王蒙著 . —北京：知识产权出版社，2019.1
ISBN 978-7-5130-6047-9

Ⅰ . ①恍… Ⅱ . ①王… Ⅲ . ①诗集—中国—当代 Ⅳ . ① I227

中国版本图书馆 CIP 数据核字（2018）第 298922 号

内容提要

作者自小学始为诗，但小学、初中、高中之作既不外发，亦不自览，唯封存而随行。欲出之作概为大学、读研闲时之笔，风意相近，而今风骤变，回看前作恍如前尘，再无自考自究之用，俨然已成史，故欲版之。作者有自创组诗，名之曰"鸳鸯诗录"，两诗韵同，其意需相谐相抗，别具一格，请君自览。字之平仄，尊古奉今，不敢妄论，然为诗必有所从，作者以平顺为先，多取今律。此集无意为后世之范，只愿是自进之梯。

责任编辑：李海波　　　责任印制：孙婷婷

恍若前尘
王　蒙　著

出版发行：	知识产权出版社 有限责任公司	网　　址：	http: // www.ipph.cn
电　　话：	010 — 82004826		http: // www.laichushu.com
社　　址：	北京市海淀区气象路50号院	邮　　编：	100081
责编电话：	010 — 82000860 转 8582	责编邮箱：	lihaibo@cnipr.com
发行电话：	010 — 82000860 转 8101	发行传真：	010 — 82000893
印　　刷：	北京中献拓方科技发展有限公司	经　　销：	各大网上书店、新华书店及相关专业书店
开　　本：	720mm×1000mm　1/16	印　　张：	8.25
版　　次：	2019年1月第1版	印　　次：	2019年1月第1次印刷
字　　数：	102千字	定　　价：	38.00元

ISBN 978-7-5130-6047-9

出版权专有　侵权必究
如有印装质量问题，本社负责调换。

自 序

  欲出之作概为大学、读研闲时之笔,风意相近,而今风骤变,回看前作恍如前尘,再无自考自究之用,俨然已成史,故欲版之。我有自创组诗,名之曰"鸳鸯诗录",两诗韵同,其意需相谐相抗,别具一格,请君自览。字之平仄,尊古奉今,不敢妄论,然为诗必有所从,我以平顺为先,多取今律。此集无意为后世之范,只愿是自进之梯。史之地位,后人评说,读之方式,共鸣为要。

  我不喜改诗,常与人言曰:"成诗不改,以为后鉴。"无心特为无瑕之作,既知有误亦不愿再改,暗警我心勿再犯之而已,其迹则留以任人评说。初不晓三平、三仄、孤平、孤仄之失,故遇而不避,此我已明不知之罪无心之过也,恪守成规者莫以我为范。然音律之事殊难明喻,苦心以合律,成文饶舌拗口,何必依之?快意而纵音,下笔流言顺语,何过有之?况一入诗境所虑与常态不同,如经一场大梦,梦之遭遇,若不及时转瞬至恒,恐后不可复,忆之则常以为忘者颇多,记者甚少,故当时遣字组句之由,不可回述。所以用律,借以承志耳,概不深究。此其一也。且韵律古今多迁变,遵古律,今人逆之;依现法,学者非之。更不必说现无常法,域无定音矣。而百年之后,音律大改,今之费心皆枉然矣,何必深究?此其二也。然为诗必有所从,我以平顺为先,以普通话为准,多取今律,权宜之计耳。

  往之诗家总欲为至臻之作,大可不必如此,诗无定格,定格则殆,不断改进,方为成活之道。诗虽为一时之兴,亦乃经久之业。常人皆可即兴赋诗一

恍若前尘

二，然难成诗人，不持之故也。若经年而有多诗，众诗特以某序串之，淡其单诗之趣，纵而观之，当有别趣。此则以单诗为料，经久加工，而筑墅厦也。所筑之体，因人而异，往之诗家多不察此道，徒集之而已。我筑之体自称"时之进步"，纵而观之，应有进步之感，以逗于一格为戒，故曰："诗无定格，定格则殆，不断改进，方为成活之道。"

李杜盛名久负，然其复生，亦讶于今之世道科技。今实乃诗家大悲大幸之世也。所悲者，往之诗人多以当世人杰自居，以天下黎民为任，鹤立鸡群，众星捧月，意气风发。现之诗人几被饿死，才不足领世，文不足鸣人，孤芳自赏，自怨自艾，人竟多以诗为悦女之词，诗人之自卑，未若今日。然亦诗家之大幸也，文失中心，理成强科，科学家代诗家为当世人杰，往之诗家所料必不及也。换言之，先家所创格局破而难复，今世可望境界孕而待兴，正值诗家大可为之时也。虽诗无国界，但字未一统，欲扬本国文字而不愿丧世界性也。世界之诗人，我略览之，非专人专科，不可解也，姑参其意可也。经年蕴研，我于诗字、诗象、诗境、诗情、诗体皆有展化。字，文之基也，我国之字僻字多而常字少，僻字议寡，常字义丰，成组意敛，连句艺显。僻字虽多，若知其意，鲜有异议，难以赋比引兴，故不取也。所选之字，概为常字，单字而义繁，成组而引非，连句而归是，如此虽百品而不厌也。我于诗象亦有延展，写雪月风花，已非古象，皆注新意；引电磁时空，亦非物象，以承现代。我心复杂，所成境界本就不同，不需多言。所抒之情，多关乎成长发展之困境，至于思乡、致君、闲逸、隐世、边关、应和所生之情极少涉及。还有自创组诗，名之曰"鸳鸯诗录"，两诗韵同，其意需相谐相抗，别具一格，请君自览。我之

HUANG RUO QIAN CHEN

匠心，君不必尽知。

  君读我诗，无需深知我心，仅依君身君世而得完美共鸣即算懂矣。我作诗本为疗我心疾，养我心性而已，故我诗自带疗养之效。君不必知我有何疾，所养心性，君只需晓自有何疾，所欲心性，读之若钟情而共鸣，则回味以反复；若关事而非己，则扬步以长去。此集历时八载，略有二百，若聚精卒读，恐费时且难返，伤神犹不支也。如茶余饭后，粗览一二，借以舒缓情绪，触引情趣，激发情怀，未尝不可也。

  后有小小说，皆随性消遣之笔也，不妨一览。

五柳斜垂
2018 年 10 月 19 日

目　录

鸳鸯诗录（一）/ 1
鸳鸯诗录（二）/ 2
鸳鸯诗录（三）/ 3
鸳鸯诗录（四）/ 4
鸳鸯诗录（五）/ 5
鸳鸯诗录（六）/ 6
鸳鸯诗录（七）/ 7
鸳鸯诗录（八）/ 8
鸳鸯诗录（九）/ 9
鸳鸯诗录（十）/ 10
鸳鸯诗录（十一）/ 11
鸳鸯诗录（十二）/ 12
今月 / 13
丁香花 / 13
进餐路上 / 14
紫叶小檗 / 14
游结网岛 / 15
别这样好吗 / 15

盼玉兰花开 / 16
非酒 / 16
家乡懒晨 / 17
夜归小憩 / 17
红歌会 / 18
二餐三楼顶上看生活广场 / 18
黄睡莲 / 19
公交车上 / 19
笼中孔雀 / 20
鸢尾花 / 20
游植物园 / 21
劲风 / 21
吃板面 / 22
牧星湖 / 22
非雾 / 23
三叶草 / 23
祭路边不知名野花 / 24
秋日黄昏玩转园中 / 24

恍若前尘

抱犊寨游韩信祠致淮阴侯书 / 25
登上抱犊寨 / 25
穿园过 / 26
初见鸳鸯 / 26
骑车出校 / 27
军训之夜 / 27
夏日出村入平原一角 / 28
上定州开元塔 / 28
赶集 / 29
过张寒辉广场 / 29
游中山公园 / 30
自校归家途中 / 30
自校回家途中 / 31
雨中白衣观白木棉 / 31
春雪 / 32
田田 / 32
小事快心引 / 33
罪己之望 / 34
牧星湖水 / 34
看花为丑 / 35
喷雪花 / 35

雨后微雨 / 36
讲堂群之夜 / 36
自伤心田 / 37
金工实习遇着她 / 37
读美成之《风流子》/ 38
行路 / 38
佛经忘带 / 39
寂寞雨时 / 39
植物大战僵尸 / 40
尘封地图 / 40
灰雁 / 41
南教楼 405 / 41
夜 / 42
野菊 / 42
想进新书馆 / 43
光行宇内 / 43
愧居寒屋 / 44
驻听一刻 / 44
驻羡双鱼 / 45
书包怨 / 45
图游西湖 / 46

HUANG RUO QIAN CHEN

五楼怅望 / 46
渐睡骤醒 / 47
长眠苦 / 47
书楼望景 / 48
月季新雨 / 48
地柏 / 49
几曾邂逅 / 49
吊扇之下 / 50
如是花语 / 50
乘车感遇 / 51
晚雨未停 / 51
闲翻手机 / 52
一路呼吸 / 52
逝梦空怀 / 53
再上层楼 / 53
冷汗似泪 / 54
手帕纸 / 54
毛绒虎崽 / 55
笔芯用尽 / 55
饮小米粥 / 56
银屏幻像 / 56

又承睡梦 / 57
还望夜空 / 57
长途坐车 / 58
寻书不遇 / 58
犹豫回乡 / 59
一心一道 / 59
一帘晨光 / 60
貔貅手链 / 60
陈阿娇 / 61
为寻青松 / 61
幽远行 / 62
六楼阳台 / 64
业已出家 / 64
火车遇女 / 65
诗心书远 / 65
留迹北门 / 66
不能想她 / 66
书馆未成 / 67
招人俯首 / 67
离别西府海棠 / 68
练字 / 68

恍若前尘

杏树之长 / 69
杏子之落 / 69
车之乘 / 70
毛笔之洗 / 70
牙之刷 / 71
误食黑洞 / 71
扫写天下 / 72
发烧之吟 / 72
一颗熵心 / 73
自由之能 / 73
误差之限 / 74
正定矩阵 / 74
四行十六列矩阵之悲情矩阵 / 75
泮湖夜缘 / 75
逼真迭代 / 76
牛顿插值 / 76
散心独步 / 77
正交拟合 / 77
心结何释 / 78
与她偕行 / 78
孤云高斯 / 79

距离之美 / 79
为何吃饭 / 80
复变时间 / 80
忘记签到 / 81
饮茶之前 / 81
临窗问景 / 82
微分心理 / 82
英雄联盟之齐天大圣 / 83
堕落审判 / 83
随风觅春 / 84
流形笔记 / 84
从此佩刀 / 85
不是怜花 / 85
暗场之力 / 86
洗脸之哀 / 86
首次献血 / 87
拓扑空间 / 87
祭奠蚊子 / 88
不必求成 / 88
量子情论 / 89
心如向量 / 89

热天独行 / 90
绿叶级数 / 90
如持玉管 / 91
茶需隔夜 / 91
难成一竖 / 92
钢丝舞者 / 92
莫言真话 / 93
徘徊湖边 / 93
权且无题 / 94
只需洗头 / 94
堕入危局 / 95
当风有思 / 95
眺望操场 / 96
校园播音 / 96
闭关理气 / 97

大悲禅院 / 97
非雪 / 98
放纵生日 / 98
绝踪侠士 / 99
紧致之影 / 99
三代之愿 / 100
从一而终 / 101
迷象假设 / 102
The Confusing Snow/ 103
她并不远 / 104
写给吧里一女孩子，嘿嘿 / 106
公交有遇 / 107
忘记苦涩 / 110
浅说庄姜 / 114

鸳鸯诗录（一）

睡

梦只沉多难记起，几回辗转谁能知。
游迷万里身何处，荡碎千年今哪时。
闭目仍观常念事，封舌未晓可呼伊。
每逢将醒还思睡，却比纯情更要痴。

醒

梦死身慵不欲起，扭头痛楚蓦然知。
绿纱早已穿秋气，蟋蟀还当鸣夏时。
探手扶风伸懒指，掀衾任夜浸凉衣。
为她本愿长无睡，唯恐倾心未尽痴。

——2012 年 8 月 16 日

鸳鸯诗录（二）

荧光电灯之赞

低头坐视已为常，偶感扇风携素光。

举首依然流净色，扑鼻或许伴清香。

明珠未悟明中隐，高月不甘高处藏。

唯有双双长脂玉，无人静照亦难凉。

荧光电灯之言

整天坐视学非长，既未读书何用光。

赏目初朝梁顶探，遐思已向云霄翔。

本应任选平桌定，故作偏居角落藏。

只恨生来灯照热，不能透射使心凉。

——2012 年 9 月 1 日

鸳鸯诗录（三）

隔窗暮雨

肃夜将来压露低，新菊储雨更披靡。

轻盈弄响全无律，断续作声总有时。

聚重浮尘终没土，沾湿曲径自招泥。

不知倦目瞻何处，未见夕阳天已夕。

隔窗夜光

灯光点点似星低，肃夜真来赏入迷。

既是日晖全阻断，难如众色亦随失。

虽殊浓墨非夺目，只照凡尘不染泥。

静在太阳升起后，悄然褪却得安息。

——2012 年 9 月 22 日

鸳鸯诗录（四）

坦克世界之埃里·哈罗夫之游

雄音一响银屏开，絮伴风尘轻转来。
远望高丘隔长谷，狭逢小镇绕静宅。
陡路急冲唯倜傥，斜坡徐上故徘徊。
游途回首常惊叹，数处浓烟似掩霾。

坦克世界之埃里·哈罗夫之战

壮乐声声催战开，奔袭只待令传来。
轻车密探先巡镇，重坦悄行莫破宅。
碎甲烟浓忽遍野，哀兵气盛未旋踝。
孤军犹向敌突进，日射冷光天满霾。

——2013年3月20日

鸳鸯诗录（五）

壁虎之知

仆尘自始难辞劳，不望光明偶入宵。
守命情急常弃尾，卑躬任重未折腰。
衷心久认伏为立，转意偏当远是高。
每次追寻非有路，空怀宿愿走一遭。

壁虎之行

既便无功愿苦劳，开途断壁净通宵。
微盘自备随墙陡，短目先成忘路遥。
意在衷心更探本，诚非尽力空逐高。
飞檐未至纯真地，已向幽冥走数遭。

——2013 年 8 月 28 日

鸳鸯诗录（六）

结　婚

纵使相逢应不识，红烛合卺已连枝。
朦胧想貌该多美，忐忑抨心满是奇。
未效人间云雨爱，没留海上信盟痴。
衷情自始还无证，有请诸君坐酒席。

离　婚

一生最恨曾相识，何必长如连理枝。
九转回肠何日断？双飞美梦安能期？
空由厄运缘随散，枉自惊心意俱迟。
有请诸君皆见证，言真未带半分嬉。

———2014 年 4 月 1 日

鸳鸯诗录（七）

前时桌

未是专程寻旧来，无端自踏向时台。

双足默契终留步，四指轻滑又抚埃。

乱字依着平展面，纤尘不没久成材。

如前垫手趴桌上，往事合流潜入怀。

向时椅

旧椅结情自引来，没辞累步再登台。

常陪倦客无曾怠，只坐征人未必哀。

不望留心识好座，唯思献位辅良才。

深知此处终将去，远看窗天或遣怀。

——2014 年 5 月 8 日

恍若前尘

鸳鸯诗录（八）

何必开窗

隔璃望外若无声，偶过征人不与争。
满室同光由日尽，空调致暖教春恒。
微分苦色坪还绿，久笼薄尘树已朦。
始见清寒吹叶起，才知此处不经风。

蓦然开窗

室外游心默默生，舒怀愿弃自长征。
开窗郁涩忽离散，骋目清真任纵横。
特借疏光张远阔，还从冷夜醒迷蒙。
玄冥岂止徒遥望，渐欲安然久抵风。

——2014年12月26日

鸳鸯诗录（九）

理想爱情

相逢本就不相知，触目交心各尽痴。

鲁莽直白忧美去，衿羞太久恐情失。

幽波漫送猜君意，紫电急回慰女思。

陌路同行牵爱手，平平共看日朝西。

现实爱情

已借他人略许知，寻婚太美岁将迟。

虽非月貌犹能赏，既算庸才亦有识。

米面常常伤爱意，风尘每每掩情思。

直当转瞬终年日，泪怨无曾共晚夕。

——2015年6月8日

鸳鸯诗录（十）

平直之愿

微分万物本平直，世貌无非做累积。
铁轨长街将近道，石栏大厦特如梯。
游心固想乘光去，纵目多曾入影迷。
线性思寻常化简，终能百态自归一。

扭曲之心

大笑空间怎会直？徒然假设有何基？
弯折世物寻常见，扭曲天光已早提。
暗场时高时转向，明心渐枉渐怀迷。
初思纵目无穷远，只碍群星并不一。

——2015 年 8 月 31 日

鸳鸯诗录（十一）

相逢如梦

末酒眩晕醉意浓，初晨睡眼尚迷蒙。

佳人漫步羞依旧，浪子回头感似曾。

只道无知情不始，常因错过悔难衡。

铺张乱绪何堪去？带电明眸恰又逢。

相守如梦

流俗尽忘爱思浓，触目方觉彼此萌。

妾使桃颜添半许，郎由火欲进一层。

经年苦待忽成瞬，片刻温谐亦转恒。

但愿钟情于梦里，犹能夜夜享重逢。

——2015 年 12 月 27 日

鸳鸯诗录（十二）

凉咖啡

半夜冲开烫未喝，光屏久对念随瞌。
昏昏只惧空长睡，诿诿迟疑太始择。
恰到佳温应慢品，如来苦味使回搁。
偏当脂液同杯冷，自问三番可有得？

苦咖啡

凉失品味也能喝，暂缓空熬郁晃瞌。
此物虽添糖作料，何人竟以苦为泽。
难安冷涩犹难去，不醉残香亦不搁。
故剩浓浆终莫饮，一腔晦气尚留得。

——2018 年 3 月 27 日

今 月

夜覆院楼灯尺照，月锋如斧欲劈谁。
长经埃阻光濒断，久受冥侵圆重亏。
游墨雍朝前谨渡，携纱静向西孤垂。
亿秋忠卫地球矣，非借金乌空竞辉。

——2010 年 3 月 21 日

丁香花

风暖浓香先入鼻，辉柔叶浅欲飘离。
偷藏冬雪今方露，贪沐春光晨更惜。
拥簇连株千蕴万，燃花满树百凝一。
名为情客任情尽，秋夜还来拜瘦枝。

——2011 年 4 月 12 日

恍若前尘

进餐路上

半浴清风半沐光,逢花暂驻只闻香。
蹊如蛇腹散些暖,面似牛筋有点凉。
大气温时藏烈日,众生酥里醉夕阳。
归途愈感金乌坠,更把影身拉瘦长。

——2011年4月3日

紫叶小檗

紫衣只为惹人瞧,故讣女贞作世仇。
弱体经风空露刺,低身累日已成钩。
本无硕果结一粒,堪有青眸环四周?
哪可与其同化镜,澄心回意进书楼。

——2011年3月22日

游结网岛

默然走过羡鱼桥,愧见湖中放梦亭。
花萼谨防雏蕊露,柳枝长受啸风凌。
太行远眺山为幻,小岛俯临水总清。
虽喜牡丹莫须恋,还存和苑未游行。

别这样好吗

鸟隐高楼楼作鸣,竹居幽角角成青。
满怀冬去应须送,举目春藏何不听?
路见玉兰常小醉,途随银杏自迟行。
冰霜已逝犹风雨,雨暴谁来怜落英?

恍若前尘

盼玉兰花开

梦中飞雪应春开,从不招尘又拒埃。
昨夜长陪至蕊谢,早晨小跑看花来。
终知玉树无芬迹,空对绒苞有怅怀。
该是香冰暗散味,美人欲戴愧于摘。

非 酒

誓曾滴酒不能沾,学友执邀总犯难。
透玉流杯升素雪,藏花溢气降香仙。
争喧随众愁当乐,傲饮度时苦谓甘。
三劝推辞还恐醉,自知清醒犹蹒跚。

家乡懒晨

迟醒昏头阵阵疼，自从放假事无成。
闲听慷慨广陵散，怕受冰凉蒙古风。
暗教颓心随便适，明知旭日照常升。
依乡麻雀不足赞，只在老家徒羡鹏。

——2011年1月25日

夜归小憩

遍看路灯都若星，巡天走步亦轻松。
莲眠浮拽花同幻，月破乌蒙夜是空。
树影相连无处净，蛙声互竞有时终。
大石敷坐余温在，总望我身爬小虫。

——2011年6月12日

红歌会

观众还无评委多,学人尽忘苦生活。
空流办者经营意,白费唱家酬备歌。
疏影疏声疏兴致,彩灯彩字彩光波。
静居久立身逐化,敷座恐能成半佛。

——2011 年 5 月 27 日

二餐三楼顶上看生活广场

漠观全场满方格,昔日喷泉今已涸。
齐种两排银杏树,散停几辆铁轮车。
心神伴月怎还避,襟袖随风亦自得。
再看白台托赤蕊,孤知此刻是生活。

——2011 年 5 月 27 日

黄睡莲

洁花更比白莲明，静在桥边笑客行。
乍见还觉温似玉，长盯越感冷如冰。
芯朝高柳枝垂傲，影漾碧波水化清。
佛祖千寻方入坐，顿时自愧颂佛经。
　　　　　——2011 年 5 月 25 日

公交车上

机械器声随耳闻，车门对客开阖频。
略观远处几楼厦，闲看近旁诸市民。
受气冬青还旱地，染尘月季更聒音。
女贞何苦生新叶，映日偏偏越似金。
　　　　　——2011 年 5 月 14 日

恍若前尘

笼中孔雀

曾读孔雀美生矜，今见花头戴彩翎。
偏望中天难展翅，唯朝和煦尽开屏。
层层青羽如织缎，点点蓝圆若缀星。
岂为博得学子笑，承兴我自露心情。

——2011年5月6日

鸢尾花

迎风多舞蓝蝴蝶，细看才知鸢尾花。
怀趣长于弄影也，含羞又在沐光呀。
暖熙融气可舒否？烈日燃空就退吧。
待尽寒冬萧索月，终能见到你开啦。

——2011年4月27日

游植物园

胸怀余念上游途,省会黄尘远望浮。
兴览百植稍竟忘,漫观千叶渐朝枯。
照拍开蕊纠心释,飞转乐园快意呼。
才买机枪玩已尽,直觉杀气六合出。

劲 风

常日风微忘细察,直今强劲乃觉殊。
刮平大地挟冬肃,搅乱苍穹逞气呼。
怪见油松仍挺立,悲瞧枯叶轻随逐。
唯沿石路任吹抚,几阵猛风尘已无。
　　　　　——2010年12月29日

吃板面

富贵无缘味美餐，众人常啖忘新鲜。
白蒸自散漂油辣，青菜相掺拙面宽。
专品渐觉玉碗隐，细尝忽晓朱唇燃。
多时未享更惜少，喝尽余汤不算贪。

——2010 年 12 月 18 日

牧星湖

照镜柳亭怨貌非，微风信笔涂波文。
思随麻雀戏湖上，情化金鱼恋水深。
虽享清潭映景美，但怀小瀑献源恩。
终须寻道悄然去，每步回眸何忍分。

——2010 年 12 月 5 日

非 雾

趁暮弥天亦甚狂,蒸尘漫聚逞何强?
深吸浑气越觉冷,远望高亭徒见茫。
夜雾终存转晓雾,星光已掩围灯光。
休得故作含坤状,虚势焉能对太阳?

——2010 年 12 月 1 日

三叶草

众生匆路几人识,谁晓天寒又历霜。
矮叶青轻同暗影,洁花萧小无幽香。
舒晨朦静未迷臆,略午熙喧只沐光。
览尽莘莘学子态,斜阳冬夜自枯黄。

——2010 年 11 月 24 日

恍若前尘

祭路边不知名野花

群芳争艳深秋时，冰覆寒桥近雪冬。
风剑整天削剩绿，霜刀一夜斩残红。
可堪当日惜花下，何若趁香采手中。
正视落开悲未启，走观明月又悬空。

——2010 年 11 月 15 日

秋日黄昏玩转园中

垂柳斜风根未移，碧桃枯叶主枝存。
牡丹秋隐防霜冻，萱草晚伏应日昏。
水岸孤鸯闲展翅，石崖小朵不骄春。
忘肠空饿忘天冷，执木逗鱼已久蹲。

——2010 年 11 月 4 日

抱犊寨游韩信祠致淮阴侯书

萧何月下独追君,背水孤师败赵王。
辣日燎肤躺吕后,阴风摧树立刘邦。
面皇何道善兵略,度势盖应学子房。
强志忍得过胯辱,谁知恩相谋君殃。

——2010 年 10 月 30 日

登上抱犊寨

欲近潺溪有护栏,珍珠小瀑乃人工。
累铺石板途先定,未探天门路已通。
俯目方楼漂绿海,回头游客走白虹。
我心居静山为动,送我上峰一视空。

——2010 年 10 月 30 日

恍若前尘

穿园过

整日奔忙忘为何,眼瞧前路尽曲折。
急穿石瀑终无乐,漫步星湖竟是奢。
秋径繁花芯乱色,北风鸢尾叶凋泽。
冷沉匆履停园侧,频顾学楼每树隔。

初见鸳鸯

湖面怎多一小鸭,划波荡水喜洋洋。
斜光偷乐常殊众,幽苇居虚不作双。
月半袭寒透紫羽,夜深送暖解白裳。
再观轻体悄然去,漪箭依稀指远方。

——2010 年 10 月 14 日

骑车出校

沿途处处尘迷睛,未晓前方是哪方。
新购小车飘坎过,老盯秋叶乘风扬。
骑穿绿荫觉人冷,借觅幽园忘路长。
缓看带轮逐竞去,雨滴吻首不曾慌。
　　　　　　——2010 年 9 月 24 日

军训之夜

举院坐围操场中,军歌唱毕掌声喧。
缓吸手气稍稍臭,静看灯光点点环。
意索虫源伤绿草,为穷视界仰朦天。
低头隐见露湿履,且走笑随态自憨。
　　　　　　——2010 年 9 月 5 日

夏日出村入平原一角

村中环看浅深绿，燕雀蝶飞蝉更鸣。
学子驱车长走怅，农家浇地青流清。
索眉侧视黯杨远，垂目越知玉米平。
风绕金乌送暖气，料得正午刺生灵。

——2010 年 8 月 3 日

上定州开元塔

巨鞭环视总出半，寻尽塔周无会能。
道窄圆回心略重，阶高长迈腿微疼。
意读文字暗光壁，脸向索窗迷眼风。
执念凌空雄远眺，谁知上顶雾朦朦。

——2010 年 7 月 22 日

赶　集

心卑行路体生惧，颤颤忽忽无处容。
集市熙拥胸自闷，熟人远见意先空。
真羞身面真相悖，太恨思为太不同。
恢走摊群终至尽，悲瞧沙地绿无穷。

——2010 年 7 月 21 日

过张寒辉广场

蹙眉垂面窥楼久，单骑姑停扰乐杰。
直仰茫天直羡日，每行折径每羁鞋。
冬青修整喜多草，艳朵未开庆少蝶。
读罢记文发愧叹，愚闲竖子不知学。

——2010 年 7 月 17 日

恍若前尘

游中山公园

慵踏单车寻欲睡，慌心沉臆终如园。
洁石闪镜白亭历，斜柳轻舟碧水涟。
足指惊鱼怀乐赏，歌音动蕊携香传。
偶逢雕塑偶聊视，展尽定州约百年。

——2010 年 7 月 7 日

自校归家途中

车聒尘起反光刺，风紧逆飕眼渐枯。
闷怅环周植茂绿，饿疲踏板影干孤。
摩托驰过汽一路，国道接临噪满途。
偶遇灌浇畅洗饮，还无三步土盈足。

——2010 年 6 月 24 日

自校回家途中

单车行缓温风面,任看驰轮自去来。
绿叶仆街气小臭,白蝶逐袖意稍徊。
空鞋落板幽魂散,极目穷边黯树排。
诸麦青黄结硕穗,惶思终有迟无开。

——2010 年 6 月 10 日

雨中白衣观白木棉

雨骤恐凋行路避,失魂未伞随她凄。
尽仆残瓣鞋泥印,久觅完花发水滴。
遥见即责彼蕴蕊,近趋暗较孰白衣。
芬芳今绽为朝谢,思罢抚心潇洒离。

——2010 年 4 月 25 日

春 雪

她极恋世春依媚，薄雾幽光满树晶。
黑气袭寒身自颤，白绒踏暖步微平。
雪滑屋顶心砰碎，日照水帘珠闪明。
因美运生为美逝，市楼无不泪涟零。

——2010 年 3 月 25 日

田 田

江南翠叶何田田，难怪美人忘采莲。
常有多情凝露净，从无乱绪纤尘沾。
流波动影非摇曳，托蕊藏娇似致闲。
此韵不应荷自用，谁家好女亦呼然？

——2012 年 3 月 6 日

小事快心引

常揣笔芯步蹀蹀，累月心中很郁结。
诸草因我全荒败，孤影留她怎向学。
无心缓朝书馆走，有力只到末层歇。
信手闲翻史记页，书人大多封侯爵。
李广难封功绩在，赢得赞誉到今天。
卫青不败忠谋俱，幸是清闲享晚年。
去病轻家战略著，还将威名封胡山。
此辈凭能可振世，吾侪何才与比肩。
恰有同学油芯尽，轻声向我借笔来。
手指不思寻入袋，心胸无故笑开怀。
同学留钱以表谢，我笑是赠何须财。
长期未知我有价，今值一元何快哉。

——2012 年 2 月 27 日

恍若前尘

罪己之望

不顾登高望小田，依稀远在雾尘间。
神思清醒犹疑梦，心绪迷失自讳言。
身化早蝶款款至，手扶凉铁茫茫观。
东风无力何缘起，怎送鲛珠到那边。

——2012 年 3 月 14 日

牧星湖水

每次逢她念乱胸，何风弄起涟波重。
清晖斜照光分色，胧月正临影倒空。
未必诚心招雨露，全出秉性养芙蓉。
焉能久驻长留此，不见江河不向东。

看花为丑

孤身为美四飘零,满目繁花步未停。
尽破幽苞光照爱,时发粉蜜蜂传情。
烦由落鸟乱芯蕊,恨遇阴风积草坪。
窃笑从前观赏事,岂非春梦在天明?

——2012 年 4 月 12 日

喷雪花

也叫珍珠绣线菊,唯生拐角浅阴区。
纤枝细茎叶轻淡,小瓣白花香久虚。
趁早和光百朵绽,逢春好色九分余。
本真自有佳姿态,何必屈名攀附菊。

——2012 年 4 月 8 日

恍若前尘

雨后微雨

细雨轻零不备伞，徐行一路几滴颜。
水泊映幻双丝线，树影逼真两点圆。
触目成冰观物净，沾肤化气入心寒。
虚居骤雨落停后，料已无尘乃下凡。

——2012 年 4 月 24 日

讲堂群之夜

隔墙步语隐约闻，远路车风呼啸嗔。
黑板垂眯没住念，白屏漠瞅久伤神。
灯光尽照未读字，纸笔徒收不向门。
每下台阶心更重，窗中互笑沉沦人。

——2012 年 4 月 27 日

自伤心田

心田只种一枝花，本愿怜惜爱护加。
任你酣淋春季雨，随君笑赏晚时霞。
初为青刺伤津血，远待落英化作疤。
想到如来莲上坐，唯朝佛国觅奇葩。

——2012 年 5 月 3 日

金工实习遇着她

尘土玻璃尘絮窗，从来不会过韶光。
清芬太少混油气，翠叶修长垂旧箱。
互未交言对守望，殷于洒水却哭伤：
"为何送这千滴泪，亦教兰心凄又凉？"

——2012 年 5 月 13 日

读美成之《风流子》

将归楚客望川迷,雁怨月凉影乱思。
砧杵韵高成好梦,绮罗香暖无分期。
银钩空满想遥寄,玉泪长垂抚溃衣。
莫步吾尘空怨悔,这层密意唯天知。

——2012 年 5 月 13 日

行　路

日斜日暖日曛曛,四望周天渐晚昏。
眼困着迷瞅潋水,身酥入化行飘云。
如心欲挽神浮梦,潜意还觉路动坤。
走看沿湖高苇久,幡然顿悟已非春。

——2012 年 5 月 24 日

佛经忘带

佛经忘带便回家，怎渡多情到彼涯。
睡梦难觉梦里梦，拈花爱笑花非花。
空留净土三分品，只道恒河一片沙。
欲借蝉音参顿悟，虚闻雨后数声蛙。

——2012 年 7 月 15 日

寂寞雨时

树雨椎台溅水沉，袭风破梦入情深。
隔纱细泪无从见，落土轻嗟或许闻。
含下雪糕结露液，嗑出瓜子泛潮仁。
冰糕慢慢将溶尽，懒到冰箱再取根。

——2012 年 7 月 9 日

恍若前尘

植物大战僵尸

僵尸未到声先闻,土豆布雷于纵深。
植物一拖安在地,阳光数点化为分。
待排豌豆发双弹,不教群邪闯户门。
相庆何须欢笑语,唯思静守梦中人。

——2012 年 7 月 22 日

尘封地图

凉席仰卧守空床,损角华图欲坠墙。
色彩依稀有藏地,光昏大概无长江。
曾思北美立都府,谁教东瀛归故乡。
窃笑尘封十数载,早如沙漠一般荒。

——2012 年 8 月 2 日

灰　雁

闲来展翅弄轻风，梳羽捉虾浅水中。
恬适随由形态异，高鸣唤起身心同。
只察漪浪时摇像，未晓明珠已映空。
平素安居宁静地，南徙才会化一龙。

——2012 年 8 月 31 日

南教楼 405

学生常是两三人，特意轻驱步亦沉。
未用光仪收幻影，没擦黑板留空文。
荧灯总有流白照，粉壁终无浮乱痕。
自向相识桌后坐，行途又在此安身。

——2012 年 10 月 11 日

恍若前尘

夜

诸般色相终成无，弃象离光自会出。
只看日从天际落，不觉夜向世间铺。
悲心未尽悲观意，幻境何须幻梦浮。
都盼金乌东破晓，谁知此刻人方苏。

——2012 年 10 月 23 日

野　菊

自愧凡庸避众芳，中芯储秀度春光。
红英久育已成果，绿萼初开便遇霜。
冰日藏云笑冻蕊，尘风扫叶扑寒香。
经秋更有严冬候，此挫又需亿载长。

——2012 年 11 月 9 日

想进新书馆

盼望新楼快建成,又多前日两三层。
石泥绕架方回筑,吊塔拔钢旋转升。
动影时逢入静影,西风即触化东风。
不知开馆为何月,常见高空夜照灯。

　　　　　——2012 年 11 月 22 日

光行宇内

恒星内炽热辐虚,坐待长年不肯移。
巨体燃心终散尽,和光入梦已朝直。
连波互继行成电,小粒相援恪守磁。
冷月实非归宿愿,千折触目乃安息。

　　　　　——2012 年 12 月 23 日

恍若前尘

愧居寒屋

故住寒屋为静思，沉沦日日夜无息。
灰纱眼向尘窗望，冷枕心随幻梦栖。
长睡空觉钟破碎，清修未使念归一。
怀虚方教灯光弱，谁料幽冥已乘机。

——2013 年 2 月 16 日

驻听一刻

建筑传声向远沉，犹觉未探边云深。
音波间断宫风继，玉响无绝钟律闻。
双啭约约心细细，群鸣奕奕感纷纷。
重回钢铁击节调，不借目明可触真。

——2013 年 3 月 6 日

驻羡双鱼

无端日纵千般虑，坠影投湖惊戏鱼。
碧水辐圆圆对涉，金鳞摆线线相趋。
折光见面面应丑，反像传情情或虚。
只想从今双手化，摇鳍自探彼幽居。

——2013 年 3 月 28 日

书包怨

众里精挑一目成，相约作伴为书生。
先常倦带厌晨月，后共沉包享晚风。
有意频随远野望，无言已备同尘征。
如今若被贪玩化，独继君怀到永恒。

——2013 年 4 月 10 日

恍若前尘

图游西湖

灵隐寺前心诵经，逾堤踏浪伫心亭。
荷风抚浪香袭柳，晓叶曛枝暖睡莺。
春晓鱼腾花港闹，晚钟音妙月湖平。
雷锋晚照流金涌，却顾禅家探隐灵。

——2013 年 4 月 16 日

五楼怅望

日暮云沉气似秋，行人往复语无休。
繁花未夏先失落，败草经冬早乱纠。
雨垢时干远野望，璃窗尽断清风流。
一朝学悟心观物，即便金睛也可丢。

——2013 年 4 月 18 日

渐睡骤醒

读书意溃文飘离，累眼违心唤更靡。
梦里约浮怀远梦，思中隐虑向前思。
微光潜入稍轻念，大气舒出已丧知。
夜雾轻垂忽过重，惊魂乍起怅如失。

——2013 年 5 月 6 日

长眠苦

惺忪困眼不堪支，强看书文久未识。
懈怠何时精乃聚，重读几字意犹迟。
驱身散漫寻怀表，震魄长嗟对手机。
苦睡终非真梦境，不如醒亦梦相栖。

——2013 年 5 月 13 日

恍若前尘

书楼望景

隔窗望景汗出身，伫立长时无见闻。
自谓高楼堪骋目，空悲落叶不询根。
长风气敏合微损，烈日心恒善远沉。
掠影群蝠刚过尽，笑完千古明眸人。

——2013 年 5 月 20 日

月季新雨

沾沾自喜羞低头，破瓣仆泥同伴周。
夜雨穿芯哀欲起，晨蝶触蕊笑无由。
一分守慰色方振，九次离飞香暗收。
水映新容犹玉润，朝阳似暮添些愁。

——2013 年 5 月 27 日

地 柏

衰草合围桃李邻，枝枝苒苒互相亲。
年年缀粉由生死，日日扶青自古今。
细干一心欲作柱，矮身千载未成荫。
何暇有叹此间苦，唯见欣欣不见辛。

——2012 年 2 月 23 日

几曾邂逅

故坐佳人不远旁，青裙半透腿纤长。
秋波欲送忽生怯，秒电初逢又令藏。
挽发羞开花妒貌，直腰静散魂迷香。
蛾眉小蹙知缘尽，互赠哀心切莫伤。

——2013 年 6 月 6 日

恍若前尘

吊扇之下

扶风缕缕未曾消，举目虚圆静处高。
自念生磁方会转，唯思化电不知劳。
诚能卷扫室中热，愿受摩擦腔内烧。
即便有朝被取代，此心依可传空调。

——2012年6月18日

如是花语

一夫赏花甚悦，花作是语：
自是花容才赏花，徒无羽翼躲天涯。
尤嫌烈日偏将落，只恨凋风不早达。
四处征尘迷眼界，一声振铁创心匣。
游身何必苦留此，恐已失心难返家。

——2013年6月20日

乘车感遇

后座开窗风伴尘,聊观绿物晒伤痕。
蕾丝细腿猫行步,柳叶长眉玉坐人。
九次偷眸未敢许,一生守愿只能分。
相逢恨是远游客,泪满斜朝天际深。

——2013 年 7 月 3 日

晚雨未停

雨细云深看不清,留心坠叶偶然听。
如将渐没随天晚,或可依稀到晓明。
只是隔窗意久待,何及踏水足先行。
刚觉有望早收伞,岂料乘风又落零。

——2013 年 7 月 9 日

恍若前尘

闲翻手机

手触银屏看几时，常承睡梦再悲戚。
原装字典寻英语，却借图文恋美姬。
悱恻心思挥未去，徘徊网络弃难离。
销魂已是浏无览，不悟停息空太息。
——2013年7月18日

一路呼吸

不赞明眸爱紫朱，没学侧耳寻偏殊。
微收自会情风入，缓释即由意气出。
慨叹逢缘心便醉，深吸感化念终苏。
当知吐纳生常在，倒是见闻若有无。
——2013年7月26日

逝梦空怀

起晓如常梦又摧，三曾闭目终没回。
飘悬异域仍无助，晃入长门似有追。
若现六神忽际会，将失一念只相随。
扪心九问做何事，乃使佳期今夜归。

——2013 年 8 月 2 日

再上层楼

扶栏再踏长石阶，未至高楼不想歇。
六步前行将反转，一回上进又重叠。
抬头顶路应无尽，侧面窗风似有别。
往日徘徊先仰望，从今欲使汗衫贴。

——2013 年 8 月 10 日

恍若前尘

冷汗似泪

今宵不热汗何出，却是身悲代泪哭。
大脑昏昏传错令，中心郁郁忘前途。
穴经特胀更觉痛，水汽纷蒸稍见苏。
夜夜难归应感泣，无光驻看牧星湖。

——2013 年 9 月 2 日

手帕纸

柔身静待自含香，慢手轻开正四方。
掩月隔瞧应透半，流风误入始知双。
多曾念世空竭虑，首次逢人便触脏。
弃影同尘才痛悟：长怀梦幻化为伤。

——2013 年 9 月 13 日

毛绒虎崽

幼体茸茸一掌轻，萌姿乍现已长停。
初生便断啸天意，久立毫无逐鹿行。
却叹龙腾空暴乱，唯得虎视自纯明。
传神四目刚相对，顿会童心顷刻宁。

——2013 年 9 月 23 日

笔芯用尽

幽芯耗尽人方知，辍笔偏逢换弃时。
碳液深藏犹去速，银枪紧嵌故留迟。
轻拈默默难说爱，仰望依依欲告辞。
纸上行文才述半，移别只愿继长思。

——2013 年 9 月 28 日

恍若前尘

饮小米粥

流金触碗与温存，细看应觉不太浑；
有度浓膏殊样净，无思小米自然匀。
良材本贵终常用，美味何须特远寻。
手捧初怀熬作苦，尝知比酒更多醇。

——2013 年 10 月 6 日

银屏幻像

怕见枯容少照镜，开机潜意对银屏。
华颜暗自全失色，瘦骨浑然却有形。
阵痛孤心犹未露，交悲四目特长凝。
虚中是我还为幻？再近依觉看不清。

——2013 年 10 月 13 日

又承睡梦

多曾夜会深交欢，笑语磨合醒亦甜。
倩影相随忽入梦，灵眸对赏似投缘。
花心润色由情尽，玉面失容徒愕然：
"你我同行只顺路，何出此等荒唐言？"
———2013 年 10 月 19 日

还望夜空

仰望玄冥对夜吟，深知不负为天民。
执迷就绪窥虫洞，任性从头考古今。
自诩幽空才适意，何辞冷雾再成邻。
群星闪灭未传热，亦是颗颗无愧心。
———2013 年 10 月 29 日

恍若前尘

长途坐车

穷边槁木坠寒巢，漫雾行传久未消。
困日挣挪难破境，浮山躁动重压苗。
盈怀纵目长途断，忘虑乘车曲路遥。
敷座凭窗心化静，墙楼却是任情飘。

——2013 年 12 月 2 日

寻书不遇

劳神久锻今该无，漫步寻书难定书。
靡靡失魂时犯困，幽幽荡魄总朝苏。
频频任换非留意，页页飞翻不涉足。
早愿萦怀还未弃，扪心是否悔当初。

——2014 年 1 月 8 日

犹豫回乡

期末总归要返乡,乡魂未晓在何方。
逢人本有寒暄语,过路当无斜冷光。
柳木估应逐日少,河沙且似往年长。
心知暂驻歇游客,又是回家待起航。

——2014 年 1 月 13 日

一心一道

拥膝或可护凉心,往事三年伤到今。
宿愿如常激荡散,初衷照旧闪浮频。
虽终有憾裂方寸,却是无妨寻善因。
又谓凡前还要忘,一声苦笑看将临。

——2014 年 2 月 21 日

恍若前尘

一帘晨光

晨光几缕抚幽人，醒望隔帘窗影痕。
向晚无非暂去室，从今似是初临门。
依约透布多失亮，又使经寒已降温。
拱手还需诚再谢，公明不弃照凉身。

——2014年2月25日

貔貅手链

氨纶引线琉璃珠，瑞兽吞金从不出。
尽纳良材原是过，无失宝运亦非福。
常传获罪九龙子，总像浮生一怪族。
暂戴心闲或省戒，难知可否镇邪图。

——2014年3月6日

陈阿娇

丽女曾应金室藏，阿娇自讨汉家凉。
哪凭司马长门赋，更变君心再守旁。
　　　　　——2014 年 3 月 15 日

为寻青松

悠悠浪荡黄昏中，借故如寻知客松。
误会桃香还远去，遥识柳色未前从。
稍嫌众雀何时静，亦问修竹几度空。
转角忽逢皆入寂，相约默默忘相恭。
　　　　　——2014 年 3 月 16 日

恍若前尘

幽远行

欲至何方尚未明,蓬头总任他人评。
非因处处逢绝壁,便只忡忡忘长行。
六载尘途交互错,一怀宿愿盖曾经。
而今或可由其逝,现世谁还恋旧情。
若断当年初意定,浮生碌碌皆随流。
三晨举目唯闲怅,两夜蒙头自内纠。
入梦失魂成落魄,惊觉丧忆化离忧。
违心九日生无味,再继长行愧乃休。
更患疏才行事陋,难堪久任又徒劳。
唯知瘦影如前走,倒看荆途何久遥。
尽力终究不可至,无能只有自先嘲。
人间冷热实难顾,且顾行心是否消。
世众昭昭难与较,我独郁郁静居庸。
估存败绩三千次,以备长时未有功。
潜意还留些许恐,恐将就木亦无成。
路边嫩草未知死,邻近枯枝岂枉生。

嫩草蒙荒可有惧？枯枝坠地哪觉疼？
唯轻草芥世间子，虑死浮生忘远征。
道野花香非爱赠，拈花笑恋岂相欢。
芳心不解游人意，倦客空朝落蕊言。
切莫伤情才痛弃，全因误会非痴缘。
天阴欲雨还无伞，远望幽途又往前。
欲过石桥看水潋，鱼群惊影流金开。
先思庄子辩鱼乐，后念留侯拾履怀。
戏赏多时不想去，离别自晓难重来。
路长桥短人应懂，何故逗桥若小孩。
暴雨忽来稍静待，无需逞勇冒雨淋。
戗风挫力权思退，暖日回春自守勤。
本性愚拙应渐化，全神散旧怎突新。
姑随天意勿生憾，俯首慨然行在今。
从弃虽多行未挨，无言向往梦常说：
"一生愿是长行者，唯有长行不蹉跎。"
特意行深出路没，宽心探密幽情回。
幽情任展方幽远，绝迹由君到处飞。

——2014年3月23日

恍若前尘

六楼阳台

自立无声望鹊巢，相逐双喜和枝梢。
传能落凤梧桐木，故累投情雨露樵。
暖日高空常秘爱，旋风冷夜共飘摇。
何须仿世流俗恋，只惹游生一笑调。

——2014 年 3 月 27 日

业已出家

人间滚滚皆红尘，我自悠悠向寺门。
住意长瞻佛祖像，成心只念金刚文。
身随坐垫同虚化，目伴钟声至远深。
色本为空空亦色，忽微动相便失真。

——2014 年 4 月 2 日

火车遇女

约约对手一分米,脉脉皆装玩手机。
应无似有袭温气,欲去还来爱幻思。
审貌九回犹不够,飘眸一触便交知。
托腮任赏千柔顺,半路合欢尚未息。

——2014 年 4 月 6 日

诗心书远

人心未必尽诗心,附雅成风亦枉吟。
造境当明书路远,怀情便励学途勤。
舒胸似有浮云去,敛臆常觉亮月临。
美善纯盈才须语,愿为另类一天民。

——2014 年 4 月 11 日

恍若前尘

留迹北门

四载无曾去北门，今来锈铁横拦身。
连番塑料随由散，几缕焦风断续闻。
废地游心情自破，荒原踏路步唯沉。
寻常寂灭绝行径，此刻徘徊一瘦人。

——2014 年 4 月 18 日

不能想她

尚未明知谁是她，应曾咫尺又天涯。
一书总散幽香气，百页全为瘦脸颊。
强意学禅情且住，由心入道念突发。
烦丝纵有三千落，只效如来拈净花。

——2014 年 4 月 27 日

书馆未成

欲去书楼犹未成,临观锈铁总长横。
迟留快意先飞越,迫绕庞基共躁腾。
太憾难得妆醉世,唯安幸见骨藏风。
一行渐远莫回首,哪处不能再启蒙?
——2014 年 5 月 22 日

招人俯首

总以纷芜未入眸,偏怀几怅仰高楼。
非图有幸百番醉,不惹无端一片愁。
若去咸荒谁可爱?如来太盛怎从游?
千般想恶驱心过,竟是终还低却头。
——2014 年 5 月 31 日

离别西府海棠

过客低头过海棠,飘衣漫步最如常。
孤身特爱离春色,瘦影独能共晚光。
自晓终非相守际,何思尚可再留旁。
重新背手悠悠去,总会忽逢在异方。
　　　　　　　——2014 年 6 月 6 日

练　字

深结乃使撇出锋,顺势中垂气反生。
勉意轻行折重竖,回心太敛落微横。
稍发小点连情动,故下长钩锁绪腾。
瘦月弯刀随地放,悬针力尽字忽成。
　　　　　　　——2014 年 6 月 15 日

杏树之长

六岁坟林捧土来，伤根遇死五挪栽。
求学每念雕虫蠹，准假难逢杏蕊开。
曝暑无非骄叶落，寒疮更要厚尘埋。
虽知越比前年壮，度日七千亦不材。

——2014 年 6 月 27 日

杏子之落

金茸满树不高攀，驻仰长时笑莫言。
已误花期悠适外，还思杏子恬留前。
原招雀鸟轻摇落，未料乖风擅解悬。
避暑尘荫难抵热，冰箱可保诸君鲜。

——2014 年 6 月 30 日

恍若前尘

车之乘

人多自立已为常，又是无端握铁惶。
地似磨砂飞蹭面，途如荡剑破开膛。
息心两秒偏摇乱，振手三频更见茫。
闭目纷纷焉可杜，歪身倚柱任倾扬。
——2014 年 7 月 13 日

毛笔之洗

意尽怀开纸砚收，轻拈墨笔下龙头。
无辜细水原无色，不断乌流渐不稠。
两眼直随一道落，千魔顿化万丝游。
何曾有待分毫净，只是图闲转几周。
——2014 年 7 月 23 日

牙之刷

满嘴污言齿亦黄，白膏细软抚刷芒。
来回遍扫毒先去，上下频移垢不藏。
漱口芳流还净润，贴唇雪沫送清凉。
逢人只笑终无语，肺腑才能自浸香。

——2014 年 7 月 31 日

误食黑洞

飞身扭转散没形，却感离魂尚有灵。
特似时空突破口，忽如宇宙顿开睛。
螺旋探手深无触，浪荡征心杳未平。
偶攥核桃相类物，一吞许久味难名。

——2014 年 8 月 6 日

恍若前尘

扫写天下

握笔铺云若扫天，得失已在力行间。
锋开大漠方出道，势引乌龙不复渊。
万古豪踒通运气，一时任闯荡平川。
形堪再造才收意，迅止惊雷待墨干。

——2014 年 8 月 19 日

发烧之吟

热血熔睛奈若何，灰白脑质已无多。
拥衾大汗敷身化，坠枕浑巾捂脉搏。
自劝焚心先且住，还存枉语不曾说。
终将累眼悄然闭，却感星空入口浊。

——2014 年 8 月 31 日

一颗熵心

能将万物缓无形，宇宙随时了似空。
本意精微应探始，先知散沌已成终。
虽得热量趋相寂，亦换群星入大同。
历尽劫波才现世，犹当向往气如洪。

——2014 年 9 月 10 日

自由之能

高楼自立久招风，特向荒凉放内能。
默许孤光随日落，浑当大象感熵增。
常觉治世终无序，只剩余温渐有衡。
忘却扶栏身亦定，独凭冷眼又出征。

——2014 年 9 月 16 日

恍若前尘

误差之限

微茫众数总藏真，每欲求时隐更深。
九转寻值当近似，一差校准许相分。
常由对比参极限，亦可成商表误痕。
且信纷余终可控，人间向是减凡尘。

——2014 年 9 月 24 日

正定矩阵

正定无零取特值
定数行列总等齐
无行终可皆成空
零列可能已隐息
取总皆已共方程
特等成隐方化极
值齐空息程极一

——2014 年 9 月 28 日

四行十六列矩阵之悲情矩阵

扣胸未晓哪居心,有比零开更冷温。
扭曲神经充大脑,缠结脉络遍全身。
拥衾若睡长觉夜,触壁如思渐至晨。
自会穿衣还照起,执情就做远行人。
　　　　　——2014年10月1日

泮湖夜缘

泮湖又似牧星湖,怎教心霾暂化无。
感触天人一瞬泪,神颠水镜两元图。
常闻巨尾摇波动,未见金麟破界出。
独步巡边才暗叹:泮湖不似牧星湖。
　　　　　——2014年10月16日

恍若前尘

逼真迭代

众数如尘哪处归？独凭信手列成堆。
初逢矩阵开迭代，俱变常值以并随。
若较相差非预料，唯携后果固重推。
因知谱径当一小，总为求真算几回。
　　　　　　——2014 年 10 月 24 日

牛顿插值

长龙九转入云藏，仅露金麟几点光。
假设初标得定位，唯凭现象做差商。
如出减比连阶表，自有加乘构式方。
若据函值观大体，真身受缚只探囊。
　　　　　　——2014 年 11 月 1 日

散心独步

许许清寒弱弱光,无心有步踏残黄。
槭林浪漫相戚望,故道徘徊更古伤。
意向森森情漠漠,风流阵阵路长长。
幽幽最隐浮华处,便是昏昏驻立方。

——2014 年 11 月 8 日

正交拟合

总念当初对目时,如香似迹惹神迷。
寻踪未必全合印,解爱应需最拟值。
每遇离心零会晤,唯交惬意正成积。
终得幻影相关数,却忘佳人顾盼期。

——2014 年 11 月 16 日

恍若前尘

心结何释

深深午夜又难眠，竟亦无察哪是源。
有序星灯依旧落，无休铁火紧时穿。
排忧更醒忧何味，唤梦先知梦不安。
每处迷离将睡际，一丝隐痛索魂还。

——2014 年 11 月 22 日

与她偕行

也就她能使唤人，收书赶去献殷勤。
原为更美偕行梦，怎会如实自现今？
漫道当风寒彻骨，柔光触目暖袭心。
终成眷属谁堪望，共看愁云渐冷阴。

——2014 年 12 月 1 日

孤云高斯

孤云冷傲扫疑云,自入纯高探至真。
法定千年悬世案,神得两月测星文。
严推数理归佳境,运赋天光被后人。
漠视洋流飘动乱,独凝雨雪洗浮尘。

——2014 年 12 月 6 日

距离之美

将分彼此并非伤,送到球形最北方。
锐角相别途渐异,平空共落距时量。
双心已近无穷远,两影才离半径长。
界外驰游终不遇,核中尚可梦一乡。

——2014 年 12 月 17 日

恍若前尘

为何吃饭

人生未可避三餐，自到如今却怆然：
每至食楼原不饿，常排队尾总无欢。
操勺手已杀一命，动碗心忽荡万年。
纵乱难休怎品味？思几溃散状尤安。

——2015年1月3日

复变时间

虚实或可本平权，各位初期永向前。
彼且朝夕恒若钻，斯夫昼夜逝如川。
犹需四月当三日，岂愿一周过两年。
试看相交得那点，其间涩义有谁参？

——2015年1月22日

忘记签到

已近连签六百天，突如梦断愈苍然。
冰心再冻还深坠，眲目难睁怎乐观？
往事从烟忽散尽，前行累月又归原。
唯约六百重来日，比笑谁将更不堪。

——2015 年 1 月 25 日

饮茶之前

突逢热水似回春，透绿长观亦摄魂。
闭煮杯当温玉抚，开封面对暖茶熏。
香源是否随时化？定律如何教自匀？
未待清茗舒漫饮，先觉苦虑黯然存。

——2015 年 1 月 31 日

恍若前尘

临窗问景

俯视夕阳迫远楼，常觉错路乱车流。
霓灯贯厦何足望，映像通城算可求。
触目折光偏几度？扑膜粒子有多牛？
回神欲问谁知解，未料诸君伴日休。
——2015年2月5日

微分心理

米尺频截永不空，微分已在有无中。
如留细碎才恒等，若舍毫厘也苟同。
本拟真元当现世，然得幻象更迷踪。
修琢越美实难弃，越感幽灵越紧从。
——2015年2月20日

英雄联盟之齐天大圣

斗战灵猴本悟空，如今网络再称雄。
谁堪纵棒残杀劲，怎料腾云迅猛冲。
应变分身稍隐世，乘机唤友共屠龙。
飞旋舞棍抡圆后，只见袍泽愈显红。

——2015 年 2 月 27 日

堕落审判

世势衰微百亿年，终挟堕落审人间。
击氢烈火仍常尽，入洞黎光已不还。
故定繁荣为末日，犹加暗冷到明天。
闲茶饮罢浑听判，只对苍茫略笑然。

——2015 年 3 月 9 日

恍若前尘

随风觅春

东风落草扫长枯,遍唤灰心紧快苏。
特逗闲鱼摇浪起,还惊懒雀振枝出。
私携早色妆垂柳,散弄春光暖泮湖。
尚未随行寻太久,拙身只有望穹庐。

——2015 年 3 月 14 日

流形笔记

当春室内气犹凉,笔记才观五六行。
便感寒文传冷手,即随盹目向幽窗。
流形潜夜寻难见,探意凭空转作伤。
再览学时留下字,千般愧楚更延长。

——2015 年 3 月 25 日

从此佩刀

浪迹幽人欲佩刀,徘徊店内用心挑。
应能斩断前时乱,更可切开后日淆。
寂寞常收出鞘刃,忧忡适看缠枝雕。
何名恰准怀锋意,且自先称作太辽。
———2015 年 4 月 3 日

不是怜花

不是危情不看花,春寒未却又先发。
忧芯渐露忧偏早,冷瓣舒开冷更加。
坠毁实观稍有数,飞飘想见已无涯。
谁知凛凛东风夜,暗地还多几处疤。
———2015 年 4 月 8 日

恍若前尘

暗场之力

幽渊总是令执迷,自认乘心尚有余。
幻影当存如再探,真源会现若微趋。
非忧陨落临绝境,只憾无得步太虚。
默转原图从暗矢,今还不解入何局。

——2015 年 4 月 15 日

洗脸之哀

灰脸明觉满是埃,洗还不洗尚徘徊。
即能借水终全去,也会乘时渐再来。
郁面长积尤喜暗,凡尘净罢恐非白。
仍需为此寻常事,百感交集近漱台。

——2015 年 4 月 29 日

首次献血

往日无捐意总亏,今能献血不当推。
粗针刺脉原没痛,塑袋流红渐感灰。
护士忙扶长板躺,车窗阵有小风吹。
出门选赠情人表,自剩一枚送与谁?
　　　　　　——2015 年 5 月 12 日

拓扑空间

选域先需定是非,开集总汇已相陪。
双真并聚原无变,两善交合本不违。
满地如成稀暗影,空区亦隐几枝梅。
凡间哪处存斯界?暴走寻极只自悲。
　　　　　　——2015 年 5 月 18 日

祭奠蚊子

天生饮血罪非君，可奈偏从掌下寻。
尚叹轻身已压扁，徒怜比翼只残存。
常责近日心多虐，也恨当时智太昏。
自感汝行似我命，充怀苦水酹一樽。

——2015 年 5 月 29 日

不必求成

无端有兴夜临风，总问何心为美成。
十年已是根居定，万木难得叶守恒。
亮月留神终隐淡，幽空骋目更迷蒙。
持疑只顾徒寻访，世事谁求尽可能。

——2015 年 6 月 16 日

量子情论

世谓人间只情长，缠绵万代不能量。
终成似已平生好，未果还留历久伤。
若爱微观实本断，则心感应莫求详。
如无或有皆随性，愿作须臾快意郎。
——2015年6月23日

心如向量

红尘滚滚乱飞扬，尽惹痴人渐入茫。
有望随情姑取乐，还求驭理再遥航。
双维互减应失善，两向叠加或少伤。
代数如能得度测，君心到底爱何方？
——2015年7月5日

恍若前尘

热天独行

无何正热要出门,又是没查几度温。
信步悠悠听雀噪,游心漫漫笑蝉嗔。
虽终暑气横充世,尚有寒源自护身。
可抵群氢核聚变,区区酷夏怎灼人?
　　　　　　——2015 年 7 月 12 日

绿叶级数

漫步时朝绿叶瞧,应怀久问欲私聊。
同胚可认形为椭,异构权当柄是条。
有限逐级求近面,无穷累数算达标。
天生不解身收敛,怎就随风任自飘?
　　　　　　——2015 年 7 月 24 日

如持玉管

未盼浮生奏玉箫,如持玉管亦当豪。
清流注入才觉爽,透镜亲安可望遥。
线体平行方有序,圆心自转已无挠。
逢缘让选应随手,不必强求质最高。

——2015 年 8 月 9 日

茶需隔夜

既已成秋暑未消,沏茶不为此时劳。
熏鼻自感清香少,注目尤觉热气高。
入口蒸流舌更燥,冲怀沸浪意常摇。
何妨特使先隔夜,莫虑于前逊几毫。

——2015 年 8 月 16 日

难成一竖

蘸墨藏锋逆入开，中行笔势渐徘徊。
如何手下成垂露，又是心间起乱霾。
惯性匆匆胡右顿，茫然徐徐自回抬。
唯觉运迹难堪看，默默长时对空白。

——2015 年 9 月 5 日

钢丝舞者

连山铁索贯长云，漠看何人技不群。
荡气尤得身渐逸，流风特使舞绝伦。
飞虹引兴时旋进，落日催心故跃寻。
待望终峰思略满，失足断壁只游魂。

——2015 年 9 月 18 日

莫言真话

莫以实言对路人,悠然不复枉伤神。
随生假意常一半,顺化虚情自几分。
奉赞迎合即有策,浮夸美饰了无痕。
黑心厚面行白道,举世皆当遇至真。
　　　　　——2015 年 9 月 22 日

徘徊湖边

岸草无花尚未枯,即枯有伴不觉孤。
常闻戏水浮声乐,但见流波掠影独。
迫步疑星回始处,急心待月问空湖。
从来漫夜皆归静,只剩焦人乱踏足。
　　　　　——2015 年 9 月 27 日

恍若前尘

权且无题

坐椅朝窗事不为，胡思任纵想非非。
移星画叶突流火，御气登峰正顶雷。
概率如沙扬几缕，时空似水取一杯。
回神自感夜将冷，漠看今宵照旧黑。

——2015 年 10 月 9 日

只需洗头

思沉意郁感颇烦，静坐清心未必安。
且借长流冲隐秽，当乘大沫去冥顽。
头皮止痒舒浑脑，发水携香润槁颜。
只望忽得一洗露，能将琐屑再无还。

——2015 年 10 月 18 日

堕入危局

每步时觉地震来,摇心乱象缝忽开。
流光似箭穿眸破,落叶如锋触手裁。
吐气划鼻犹不止,吸风荡肺再难排。
危局自酿毫无怨,只怕从今势渐衰。
——2015 年 10 月 25 日

当风有思

秋风过脸意随寒,摆手招扶不可拦。
两处压强差几帕?一条漫带有多宽?
行空使气从流变,落地挟尘做自旋。
感触徒能知半解,深识更待理精研。
——2015 年 10 月 28 日

恍若前尘

眺望操场

寂场尘台唯铁栏，青红地色缚白环。
球门静待风蚀老，赛道空随雪化寒。
暗雾悄升逐扩散，浮音偶起便遥传。
冬阳不暖还先落，尚有奔驰几队员。

——2015年11月30日

校园播音

播音此日只说情，可叹浮声众不听。
漫话伤心身欲避，飞言恻隐意难平。
宜随潜乐排忧虑，许借清歌洗恶灵。
默在嘈杂学子里，如闻暗语教归宁。

——2015年12月8日

闭关理气

静坐调息去不宁，嘈声入耳怎堪听。
结舌万物方从寂，闭目一城顿化零。
任气重生心欲破，劫波再起运难明。
安神百事忽焉散，只剩微微意尚行。

——2015 年 12 月 17 日

大悲禅院

诵咒清歌漫杳飞，长惭不解意何为。
香炉宝殿空难觅，画栋朱窗色未没。
舍利逐虚缘入渺，朝宗问法像同黑。
如觉慧眼随移转，自在新年悟大悲。

——2016 年 1 月 2 日

非 雪

遇冷逢尘汽自凝，长空肃寂漫白灵。
偏寻琐日流飞刃，既入深冬荡落英。
大地随机甘戴孝，幽途趁势已埋名。
虽终有望全消尽，尚剩虚寒贯太清。

——2016 年 1 月 18 日

放纵生日

曾一入世便长哭，特比平时更爱独。
自品低醇鸡尾酒，甘成漫迹兽心徒。
偏绝往日应学业，故览当今不用书。
亦晓非真图烂醉，空悲未解怎才苏。

——2016 年 3 月 30 日

绝踪侠士

疾风卷土欲袭人,瞬闪微尘莫近身。
掠影时觉形后现,追音可教语重闻。
捷思按理飞无定,锐意寻原速不分。
若为稍息方露迹,忽焉怠念已绝痕。

——2016 年 4 月 13 日

紧致之影

盛夏殊人步小林,风光落木化流荫。
交叠莫辨何枝覆,并盖能由几叶拼。
映地随生极限点,移空总有不离心。
俗身踽踽难为客,瘦影融融倒是宾。

——2016 年 5 月 30 日

恍若前尘

序：未来，科学少年于毫无军事战略、政治影响、历史积淀、经济基础、文化内涵之地建成构相空间，其后迷离世间，人不知其生死。或近构相空间者只见许有缥缈山峰，欲入其内则徒见万象惚恍，终返其原。故自构相空间建成之日除科学少年外从无一人得入，外界不知其名为构相空间，称之曰"迷象别墅"。科学家深信其为科技所致，渐有知名科学家移居此地，专究此事，终其一生所获散碎观念乃成当世最高科学著作。已过百年，世间一流科学家皆酷探迷象别墅，以其为心竟成一城，曰"探秘学城"。该城所出科学论述颇丰，人引其善者变换世貌。

未来某日，祖孙三代谈及探秘学城。子曰："爷爷、爸爸，我想去探秘学城。"祖、父皆笑，父曰："想去的人可多了，可很多人都像你爸爸跟爷爷一样没有去成。"子问祖："爷爷，你为什么没有去成呀？"祖曰："我呀，刚要动身的前一晚被你奶奶留下啦。"转而问父："爸爸，那你为什么没去成呢？"父曰："爸爸年轻时特别贪玩，不学无术，把要去探秘学城的事都给耽搁啦。"子曰："那我一定要去成。"祖抚子头，笑曰："好孩子，你有这志向爷爷已经很高兴了。"

三代之愿

稚子奇闻探秘城，才知祖父愿皆空。

勤学后事还无始，慎鉴前车自问终。

导向离心即泡影，歧途浪步渐迷踪。

如怀志趣堪经久，庶与先人不尽同。

——2015 年 11 月 10 日

HUANG RUO QIAN CHEN

鲜于凌，字子慧，号探秘衷人，三十一岁至探秘学城，今八十三岁，将逝，遗言曰："愚年少时涉域随趣，常以识见广泛、述论精独自矜，而不逊曾文正（曾国藩）'从一而终'之倡。即临迷象别墅之日乃悟曾文正之意，今已过五十余载从未改初衷，虽从无揭秘真原，亦不至抱憾而终。"

从一而终

夕阳大没夜昏沉，气喘将虚渐冷身。
倾注一生识幻境，难得半步入奇门。
长存未必知原貌，就逝何能抹黯痕。
但有从终无所憾：执迷不解尚趋真。

——2015 年 11 月 18 日

恍若前尘

于探秘学城中，当众人衷于探测和解释迷象别墅离奇之现象时，高乘（字归远，号探秘异人）所提"迷象假设"甚是震人耳目，其曰："现所感知与探测迷象别墅之象尽为虚像。"此论信者太半，疑者太半，争论不休。然各国军方深为启发，始暗研"迷象空间"之术，此术意在使敌于"迷象空间"中以敌现存之侦察技术所得之果尽为假象。

迷象假设

纷光触目像皆迷，入射雷达竟返迟。
引力无穷还可蔽，流波太巨甚难析。
零开热度如常现，兆帕压强瞬已失。
感测从今全是幻，何人尚敢探离奇？

——2015年11月20日

The Confusing Snow
Ezreal

When I look at the snow,

I always think

it may be the

white and confusing ghost.

Everyone has the ability of

seeing the illusion,

so I do not make sure that

I see the snow

or just the illusion of snow.

If one of them touches my finger,

the cold stimulation can convince me that

it is real.

However, it is just one of them.

How could I know the others?

If some of them just make me see them

and never make me touch them,

in other words, they are just illusions.

恍若前尘

How could I know that?
Physicists believe that
one can get information
even without one photon contacting his eyes.
What method could I use to understand you,
my snow?
——In September 2018

她并不远

款款走进图书馆，
我没有立即看到她的红颜，
更没有刻意寻觅她的瘦影，
只是如常地来到书架前，
找到昨天的书刊。

静静坐在木椅上，
我没有欣然闻到她的芳香，
更没有打算张望她的倩影，

HUANG RUO QIAN CHEN

只是如常地伏在桌子旁,
　　翻到昨天的篇章。

抬头时正好触到她的慧眼,
　　她羞羞地低头腼腆,
　　我多想悄悄挪到她身边,
　　　　与她敞开地交谈,
但我只是继续昨天的阅览。

　　悠悠合上那本书,
我没有再次看到她的嫩肤,
更没有奢望再见她的魅影,
　　只是如常地从门前走出,
　　　　想着明天的阅读。

　　　　但我知道,
　　　　她并不远,
　　　常常就在我身边。
　　　　　——2014年4月13日

恍若前尘

写给吧里一女孩子，嘿嘿

不知什么时候开始暗暗关注你，
　　偷偷藏下你的照片，
　　每次打开都是陶醉，
都是比上一次更加柔美的红颜。

不知什么时候已经悄悄喜欢你，
　　欣欣读着你的诗文，
　　每次进入都是迷醉，
都是比上一次更加完美的女神。

不知什么时候时常悠悠思念你，
　　绵绵幻觉你的举止，
　　每次联想都是沉醉，
都是比上一次更加优雅的胴体。

不知什么时候终将默默忘记你，
　　深深知道你我无缘，
　　因此不必苦苦追求，
只需留下涩涩诗句待老时浏览。

　　　　　——2014年3月28日

公交有遇

我坐在公交车上大概就两种思维状态：一是公交行时，找找有美女过街没；二是公交停时，看看有美女上车没。

寒冷的今天让我有些失望，因为路上人都很少，更不要说美女了。在失望意识的统治中，我的眼前已经出现了美女，但我竟没有意识到。只是随着车越来越近，她清瘦的身材反射的光比其他景象都要迷人，甚至是诱人。我的潜意识早已暗中指使我的眼睛盯住她了，但被失望笼罩的我还没有意识到。当我意识到她时，总觉得有些突然，这就是人们常说的"惊现"吗？她很随意地站在站牌前，也不知道自己呈现了优美的曲线。我很自然地打量她，正准备顺着她胸前长发将目光移到她的脸颊时，突然发现她也在看我，此时她迅速地将头扭到其他方向去了，表示不屑看我。

车慢慢停下来，我注意到这个站牌附近有个高中，便料想她是该校学生，大概十七八岁，正是豆蔻年华，情窦初开，花苞未开。思量会使双眼产生视而不见的感觉，我再想看她时，咦，她怎么不见了？这时，飘来一股浓香，说实话我不喜欢浓香而喜欢清香、幽香和暗香，但关于香气从哪里来的，我还是很好奇。我一回头，是她，她竟然就在我身边。

她背对着我，我只能欣赏她那纤细的腰，不能看到她的脸，总感觉有些遗憾。我觉得她的站位很怪，因为在公交上如果站着，人一般会面向前方或面向

恍若前尘

离窗近的一方，这符合一般人的观感习惯。如果她面向前方，将会送我一个侧脸，而面向车窗则正好送我一个正脸。可是，她竟背对着我，这是故意吗？她是不是把我当成坏人了呀？我以为是我想多了，我们只是陌路人好吗，她根本不认识我，不至于把我当坏人吧。

这时，车上来了位阿姨，说是要过年了，给车上乘客送年历。其实就是广告，大家都懂。当年历传到她手上时，她竟跳过我直接给了下一个人。这是什么意思？我是透明的吗？她不会自始至终没有发现我的存在吧？不就是想看看你长啥样嘛，至于把我当坏人吗？好吧，不看你了，哼！这时我才看到她的好友，她的好友不是我感兴趣的类型。于是，我又将目光转向窗外，表示我对她的相貌不再关注，她也不愿意我看她呀。无意在窗玻璃上看到了我的样子，发现看上去还真不像什么好人。唉，算了吧。

她的冷漠又使我陷入失望中，可是我忽然发现她的好友在偷偷看我。不过她的"偷"太没有技术含量了，好不容易遇到一个"欣赏"我的女孩子，总是忍不住要看她的。当我看她时，她只是稍稍转移一下眼神，嘴角想要微微上翘，却只是忍着抿了抿唇。这时我看到她那圆乎乎的脸庞，虽然不能引起我的兴趣，却也不会逃避她对我的"暧昧"。

正当我和她的好友"渐入佳境"之时，她竟然慢慢地转过身，用带有愠气的明眸瞥了我一眼。我瞬间不知所措，以迷茫的眼神向她诉说："你不是看不见我吗？"这次我看她，她并没有回身背对着我，我自然看到了她那清秀紧瘦的脸颊，皮肤无疑是光滑而细腻的，还有那似翘非翘、欲惹还怜的鼻子更是有锦上添花之效。当目光移到她的如含秋波的大眼时，我不禁怔了一下，因为在她蔑视的眼神中分明在说："男人没有一个好东西！"我得到这个信息之后自惭形秽，于是便将满心的愧意用眼睛传递给了她。她此时的心情反而稍微缓和了些，但仍然略带怨气。这时我有些惘然，不知道怎么才能安慰她，让她心怀释然，只是不停地看她。她的心情居然渐渐好了起来，还不时地微微侧头想要转过来，不久又把自己的长发挽到了耳朵后，这使我更加清晰地品味她的侧脸，也使我更加陶醉。

正在此时，我隐约感觉有东西在我手里滑落，啊，是手机。就是这个极其平常而又异乎寻常的举动，使她迫不及待地转过头来，似乎想看看发生了什么。我正要捡手机，可是见她回头了，一时竟忘了捡了，只是痴迷于她比例完美的瓜子脸。"喂，你手机掉了。"声音如此甜美，要是在跟我说话就好了。哦，她就是在跟我说话！我怎么会反应如此迟钝，然后连忙在地上捡起手机，不住地冲着她说："谢谢，谢谢……"她终于笑了，似乎对我的迟缓和木讷十分满意。

我突然意识到女孩子往往在"傻乎乎"的男孩子身上寻找优越感，这使我感到非常失望，因为我知道男孩子不能由于讨好女孩子而变"傻"，男孩子还有好多事要做，不只是找个称心如意的女孩子虚度一生。假如我现在"从"了她的意，我的思维活动就会受到限制，想到这里感到有些后怕，头不禁又转向了车窗，带着失望。我不知道她是何时下车的，可我相信上述发生的一切不会超过十五分钟，但我的直觉中总有她对我挥之不去的怨气。我只能写成文字来排遣我对她的歉意，希望她能理解我的一片冰心。

恍若前尘

忘记苦涩

刚见完导师，四个人并排走在路上，谈笑间交流着问题。他决定尝试喜欢她，她和伊是好姐妹，还有一个男生，以下将称作"彼"。在不久前，他送给她一只纯白色毛绒小猫，他看到了她那从嘴角直到眼睛再到眉梢的笑容，他以为她已经领会了自己的心意，并且她因此很开心。而伊从见到他那一刻就喜欢他，并且逐渐成了他接触最多的女孩子，伊对他喜欢自己信心十足，因为就在前天晚上他还给伊打了 54 分钟 32 秒的电话。其实他本想和她打电话来着，但又担心她认为自己"图谋不轨"，于是就打给了他熟悉的伊，本只是问伊一些作业问题，可是伊却兴奋地与他谈天说地，他只好受着。

四个人依然并排向前走着，她和伊在中间，他在她身边，彼在伊旁边。正走时，他问她："明天是周六，你们女生周六都干吗呀？"

"没什么事，"她笑着看他一眼，继续说，"就是在宿舍待着，看看电影、电视剧什么的。"

"那你有没有兴趣一起去动物园呢？"他终于说出了这句看似轻描淡写实则深思熟虑的话。

"呃……"她下意识地看了下伊，竟也不置可否。

他顺着她的目光看过去，才发现伊正在饶有兴致地和彼说着话，只是听到他这句话时，伊停顿了片刻，然后更加饶有兴致地和彼交谈。此时，他突然发现一切都变了，他和她默默地向前走，伊和彼却相谈甚欢。在欢笑中，他有些茫然，不知道她到底对自己有没有心思，但有一点是确定的，即她是不会和自己去动物园的。他不知再说什么，也不敢再说什么，只是装着听别人说，还不失时机地赔笑脸。这一路就在这种涩意下走完了。

　　刚见完导师，四个人又走在了回宿舍的路上。彼主动走到她旁边说："昨天给你打电话，为什么那么长时间才接呀？"

　　她也笑着跟彼说："哦，那时我在洗头。"

　　彼和她说笑起来，他感到一阵失落，觉得难以置喙，自动走慢了，让彼和她走在自己前面。这时，伊对他说："老师对你真好，把最简单的作业交给了你。"

　　"是吗？没觉得呀。"他回应着。

　　"知足吧，我的比你的复杂多了。"伊继续说着。

　　这一路，他应和着伊，却不时地注意着她和彼。他这时才尝到了有苦难言的滋味。他忽然想起了很久以前给自己立下的规矩，即不要承受感情的痛苦，他决定把此事看淡一些，于是，他想主动放弃在行动上的挣扎，也放弃在心灵上的挣扎，转而一想，觉得成就彼和她也是美事一桩。他再看看此时兴高采烈的伊，便想和伊如往常一样正当地交往。他的心思逐渐放松、舒展、打开，终于和伊逗笑起来。

　　刚见完导师，四个人依然和上次一样，彼和她走在前面，他和伊走在后面。由于他已经放弃了挣扎，只想正常交往，所以他显得很随意，只是在不经

恍若前尘

意间看了她一眼，她竟像是触了电一般，快速向前走了几步，离开了彼，彼不知所措。他此时竟也舍了正在欢笑中的伊，本想过去和她交谈，忽而又不太确定她此行究竟为何意，自觉有些荒谬，便顺势停在了彼旁边，对彼说："最近还玩那个游戏吗？"

"玩啊。"彼回答。

"哦，是吗？我也在玩那个游戏。"他和彼开始谈论游戏，彼是高手，很快就从他身上找到了优越感，谈得不亦乐乎。她和伊自然走到了一起，谈论着天气。她竟借着话题表现得若无其事又极度小心地问他："天这么热，你怎么不出汗呀？"

这时他又想到了自己立下的那个规矩，显得有些心灰意冷，随口说道："心冷。"没想到她和伊都笑了，伊抢着说："瞎说，那你的网名为什么叫'旭暖寒山'？"提到这个网名，他思绪太多，最终结果是闷在那里一言未发。彼见状，继续和他谈游戏，最终在游戏中走完了全程。

刚见完导师，四个人还是走在回宿舍的路上。她主动跟上他，对他说："我看看你的作业写得怎么样？"他顿时感到一股甜味从尘封的心缝儿里溢出来，美滋滋的，急忙将本子给了她。他趁机端详了她的脸庞，越发觉得美丽动人，竟有些陶醉。她说："哇，好多表格呀。"他正要回答时，伊抢着说："表格多是为了掩饰作业的简单。"此时，他满心的欢喜原准备让她感知的，没想到伊突然打断，他便喜笑颜开地回伊道："是啊。"于是，他将这满腔欢喜尽数投给了伊。没想到此时她转身对彼说："我看看你的。"他的神采瞬间黯然失色，之后就不知彼和她在说什么了。伊见他心里只有她，也跟彼说着作业。他走在三人

HUANG RUO QIAN CHEN

后面，感到这是人生中走得最长的路，甚至感觉这就是他以后的人生路。

　　事情过去很久了，他每每想起都有种难名的苦涩，但他总认为这些苦涩只要长风一吹，就会散去，并最终忘记的。

——2014年7月19日

恍若前尘

浅说庄姜

（浅说者曰）读了庄姜的美丽，简直让人神魂颠倒，所以情不自禁地想和她发生暧昧秘事，于是下面将说的庄姜的故事里便有了浅说者的身影。庄姜应该是春秋时期最美的女孩，下面将是她的风流韵事。

1.初见钟情。时稷下宫学名未盛，唯有藏书万卷积尘絮。余料其必至，故藏以窥之。未几，清音传曰："纯儿闭门，吾读书时勿使人喧也。"因随倩影得见顾姿修长挺立，扁衣织锦以避尘。及近，见其肤如凝脂，手如柔荑，长颈露骨，白齿整齐，脸润滑而眉细长。此刻余心如钟撞，原已尘封之情难禁而涌，余叹曰："原来我还有情感啊，笑话！"

2.谈笑忘书。"何人在此？"伊问。余知避无可避，乃慌曰："我，是我。"伊又问："公子何人？""你是齐侯的女儿。"余应曰。伊再问："公子何人？"余复曰："你是东宫太子得臣的妹妹。"伊笑曰："问公子何人，莫言吾之家世。"余见其巧笑以倩，美目而盼，不觉已入痴境，久而惊曰："我啊，小姐可以叫我浅说者。"伊迷惘，问："何为浅说者？"余回曰："浅说者就是胡说八道的人。"伊笑曰："公子幽默，诚可交也。"余大喜，曰："有你这样的女朋友我死了都值。"彼此交心而谈，彼忘原为读书而来，余忘本为现代之人。

3. 古今激情。稷下宫静，传伊清音："郎在何处？"余现其后轻摸其腰，伊回身扑怀曰："一日不见，如三秋矣。"彼此缠绵一体，互扯衣衫。是夜，清风抚高月，涩雨润羞云，幽光照幽兰，玉轴承玉轮。事毕，伊轻声曰："妾愿以全身奉郎，不离不弃，长相厮守，与子偕老。"余闻，怆然曰："你以后要嫁给卫庄公的，这是你的命运。"伊笑曰："郎非神灵，何以知之？"余曰："我是现代人，看了《左传》，上面就那么写的啊。"伊又笑曰："郎可爱，满口胡语。"余见其嬉而弗信，天真纯净，深情曰："我爱你。"

4. 情赠手机。余出手机以看时，伊以为奇，问："此为何物？""这个叫手机，你要是喜欢，就送你了，"余塞入其手曰，"这个可以联系两个距离很远的人呢。"伊见企鹅曰："斯鹅可怜。"余曰："这个是QQ啊。"伊问："何为扣扣？"余答："就是一种联系方式啊。来，我给你申请个QQ号。"余操作一番曰："记住哦，你的QQ号是14066365××，密码是123456ef。"伊茫然。余见状笑曰："以后我会教你的。"

5. 共盼小孩。伊曰："妾若为郎生子，不知郎意。"余喜曰："我最喜欢小孩儿了，不但喜欢养孩子，而且喜欢带孩子。谁说男孩子就不可以带孩子了。"伊执余手摸其腹曰："郎可感之乎？"余且惊又喜曰："我们有孩子了，呵呵！"此时得臣闯入曰："妹之私事吾且不顾，然君父召汝，请妹与吾同见君父。"伊曰："妹与浅说者之事不足为外人道也。"得臣然之。

6. 文戏齐侯。伊哭曰："今生今世，不及黄泉，不相见也。"余惑且惊曰："为啥？"伊已去矣。余现身齐侯问："齐庄公……""何谓庄公，孤尚未薨，焉得有谥？！汝是何人？胆敢擅闯宫殿！"齐侯怒曰。"您别生气，我是先知，可以未卜先知。"余复曰。齐侯曰："口出狂言，既是先知，理应无所不知。今猜射以试汝，若不中，则烹之。"彼覆匣掩物，问匣中之物。余曰："珏。"齐侯惊而弗信，如是者三，乃问："汝何以知之？""我是先知。"余应曰。心思："这文就是我写的，我怎么会不知道呢，呵呵。"

7. 频查史料。余问齐侯："您对您的女儿说了什么？"齐侯曰："既为先知，何必问孤。"余再查《左传》曰：卫庄公娶于齐东宫得臣之妹，曰庄姜，美而无子，卫人所为赋《硕人》也。余大惊曰："美而无子，怎么可能？她明明怀了我的孩子，她为什么不见我了呢？"余反复查览，以为《左传》虚言，不可尽信。

8. 农郊约定。余电话通之曰："你是不是要去卫国了？"彼回曰是，其声若泣。余强言曰："那你在河畔农郊停一下好不？我想你。"彼失声曰："妾思郎更甚。"

9. 重温激情。伊既见余，不由分说，扑怀热吻。是日，望风揽盼月，储云顾暖雨，空谷当烈阳，待心归太虚。彼此共享一瞬。

10. 卫人赋诗。庄姜至，卫人得睹仙容，惊呼硕人，为其赋《硕人》曰：硕人其颀，衣锦褧衣。齐侯之子，卫侯之妻。东宫之妹，邢侯之姨，谭公维私。手如柔荑，肤如凝脂，领如蝤蛴，齿如瓠犀。螓首蛾眉，巧笑倩兮，美目盼兮。硕人敖敖，说于农郊。四牡有骄，朱幩镳镳。翟茀以朝，大夫夙退，无使君劳。河水洋洋，北流活活。施罛濊濊，鳣鲔发发，葭菼揭揭。庶姜孽孽，庶士有朅。此虽为卫人歌之，余每览之，心怀独怆然。

11. 卫侯再娶。卫侯每入庄姜房，庄姜坐如枯木。侯压庄姜于身下，觉同死鹿，且多闻梦呼"浅说者"，渐而冷之。侯乃又娶于陈，曰厉妫。厉妫生孝伯，早死。其娣戴妫生桓公，庄姜见而喜之，以为己子。

12. 嬖人邀宠。嬖人知庄姜受冷，而二妫无色，乃大涂脂粉以伺机。某日，卫侯醉，嬖人侍之。嬖人故以柔身委卫侯，侯醉，误以庄姜，强抱而亲。嬖人配合得当，任侯所为。侯大喜，嬖人特娇音以悦侯。未久，生州吁。州吁常偷瞟庄姜，庄姜恶之。

13. 州吁弑君。卫侯薨而桓公立，州吁杀桓公自立。州吁径入庄姜屋曰："二十载容颜未衰者唯汝而已。"庄姜欲出，州吁扯其衣，是日，疾风袭愁月，暴雨掩孤云，死灰覆白雪，苦英落寒昏。庄姜乱发散地，泪流混血，曰："浅说者何不现身救妾？"余闻之，肝胆俱裂。

14. 石腊灭亲。石腊之子石厚素于州吁善。州吁未能和其民，厚问定君于石子。石子曰："王觐为可。"厚问曰："何以得觐周王以获其可？"石腊曰："陈桓公方有宠于王。陈卫方睦，若朝陈使之为卫侯请觐，必可得也。"厚从州吁如陈。石腊使告于陈曰："卫国褊小，老夫耄矣，无能为也。此二人者，实弑寡君，敢即图之。"陈人执之，而请莅于卫。九月，卫人使右宰丑莅杀州吁于濮，石腊使其宰孺羊肩莅杀石厚于陈。自此，石子遂开大义灭亲之先河，而诛州吁亦解余心之恨矣。

（浅说者曰）庄姜对我来说就是一个谜，比如她明明怀了我的孩子，而史书上为什么记载她美而无子呢？她又为什么不见我呢？又为什么还答应农郊约定呢？事已过了两千多年，我到哪儿去找答案呀？

15. 千年之恋。余闲登QQ，竟有消息，览之，两眼模糊，哀情难抑。其示为庄姜所发，只三字：我爱你。